*Deus é luz,
e não há
nele treva
nenhuma.*

IJOÃO 1.5

S771l   Sproul, R. C. (Robert Charles), 1939-2017
              A luz do mundo / R. C. Sproul ; ilustrações de Justin Gerard [tradução: Laura Makal Lopez]. – São José dos Campos, SP: Fiel, 2019.

              1 volume (não paginado) : il. color.
              Tradução de: The lightlings.
              ISBN 9788581321967

              1. Literatura infantojuvenil americana. 2. Medo do escuro – Ficção. 3. Vida cristã – Ficção. I. Gerard, Justin, il. II. Título.

                                                           CDD: 808.899282

Catalogação na publicação: Mariana C. de Melo Pedrosa – CRB07/6477

A Luz do Mundo

Traduzido do original em inglês
The Lightlings

Texto: © 2006 by R.C. Sproul
Ilustrações: © 2006 by Justin Gerard

∎

Publicado originalmente em inglês por
Reformation Trust,
uma divisão de Ligonier Ministries
400 Technology Park, Lake Mary, FL 32746

Copyright © 2014 Editora Fiel

Primeira Edição em Português: 2014

Todos os direitos em língua portuguesa reservados por Editora Fiel da Missão Evangélica Literária. Proibida a reprodução deste livro por quaisquer meios, sem a permissão escrita dos editores, salvo em breves citações, com indicação da fonte.

∎

Diretor: Tiago J. Santos Filho
Editor-chefe: Tiago J. Santos Filho
Editora: Renata do Espírito Santo
Coordenação Editorial: Gisele Lemes
Tradução: Laura Makal Lopez
Revisão: Renata do Espírito Santo
Capa e Diagramação: Chris Larson
Adaptação para português: Rubner Durais
ISBN impresso: 978-85-8132-196-7
ISBN e-book: 978-85-8132-456-2

Caixa Postal 1601
CEP: 12230-971
São José dos Campos, SP
PABX: (12) 3919-9999
www.editorafiel.com.br

A Luz do Mundo

ESCRITO POR
R.C. Sproul

ILUSTRAÇÕES DE
Justin Gerard

FIEL
Editora

Aos amados netos:
Darby, Campbell, Shannon, Delaney,
Erin Claire, Maili e Reilly.

—R.C. Sproul

ERTA NOITE, numa casa em um bairro tranquilo, um menino se preparava para dormir. O nome dele era Pedro. Sua mãe o colocou na cama e o cobriu com cobertores para que ficasse quentinho e confortável. Depois ajoelhou-se ao lado da cama e orou com ele. Então levantou-se, inclinou-se e beijou a testa do menino.

Pedro olhou para ela e disse: "Mamãe, por favor, não se esqueça de ligar o abajur antes de sair do quarto. Sua mãe sorriu para ele e disse: "Não se preocupe, Pedrinho. Eu vou ligar o abajur. Não vou deixá-lo no escuro".

Então ela deu um último beijo em Pedrinho, terminou de ajeitá-lo na cama e acendeu o abajur. Quando ela estava quase saindo do quarto, Pedrinho disse: "Mamãe! Por que eu tenho medo do escuro?" Ela disse: "Essa é uma pergunta difícil de responder, Pedrinho. Acho que vamos ter que guardar essa pergunta para o vovô. Ele virá jantar conosco amanhã. Você pode perguntar a ele".

"Tudo bem, mamãe", disse Pedrinho. "Vou esperar até amanhã e perguntar ao vovô sobre isso".

No dia seguinte, tal como a mãe de Pedrinho havia prometido, o vovô veio para o jantar. Antes de dirigirem-se à mesa, Pedrinho sentou-se no colo do avô e disse: "Vovô, posso lhe fazer uma pergunta que está me incomodando muito?"

O vovô sorriu e disse: "Claro, Pedrinho, diga-me o que você gostaria de saber."

Pedrinho disse: "Vovô, por que eu tenho medo do escuro? E por que tantas pessoas que eu conheço também têm medo do escuro?"

O vovô olhou para Pedrinho e disse: "Essa é uma pergunta muito boa. Mas sabe, não é só do escuro que muita gente tem medo. Muitas pessoas também têm medo da luz."

"Medo da luz?", disse Pedrinho. "Por quê?"

E o vovô disse: "Para você entender isso, vou ter que começar do início - na verdade, bem do início."

Pedrinho adorava quando o vovô contava-lhe histórias. Assim, ele se ajeitou ao lado do vovô e esperou que ele começasse. E o vovô começou a sua história do jeito que sempre fazia:

Era uma vez um grande rei, o rei da luz. Ele vivia na luz. Ele criou a luz, e a sua luz era tão perfeita e tão pura que ele era chamado de "o rei sem sombra". Este grandioso rei da luz criou um grupo de seres, e os criou para que brilhassem tanto quanto ele brilhava. Ele os chamava de "pequenos luzeiros". Ele colocou esses luzeiros num jardim repleto de raios solares. Dia após dia, o sol iluminava o jardim e ajudava as flores, plantas e frutos a crescerem. A luz brilhante do sol ajudava a aquecer todos no jardim. Os pequenos luzeiros adoravam quando o rei vinha visitá-los no fim do dia.

Mas, um dia, algo terrível aconteceu. Os luzeiros decidiram fazer o que queriam em vez de fazerem o que o rei ordenara que eles fizessem. Então desobedeceram ao rei e pecaram contra Ele. No mesmo instante em que pecaram, suas luzes se apagaram e eles ficaram cheios de vergonha.

Eles correram tão rápido quanto podiam para fugirem do rei, pois não queriam que o rei da luz os visse. Fugiram do jardim por entre as árvores e se esconderam no lugar mais escuro que conseguiram encontrar. A partir desse momento, passaram a ter medo da luz, pois sabiam que onde estivesse a luz o rei estaria, e o rei os veria cheios de vergonha.

    Depois que os pequenos luzeiros se foram, o rei começou a tirar a sua luz do jardim. E logo o jardim se tornou um lugar frio e cheio de ervas daninhas e espinhos. Os pequenos luzeiros entraram mais e mais pela floresta, até que passaram a viver em um lugar quase completamente coberto pela escuridão. Era um lugar tão escuro que eles tinham que tatear ao redor, como se fossem cegos, para sentirem o caminho que deveriam seguir pela floresta. Muitas vezes eles tropeçavam e caíam, arranhando os joelhos e se ferindo.

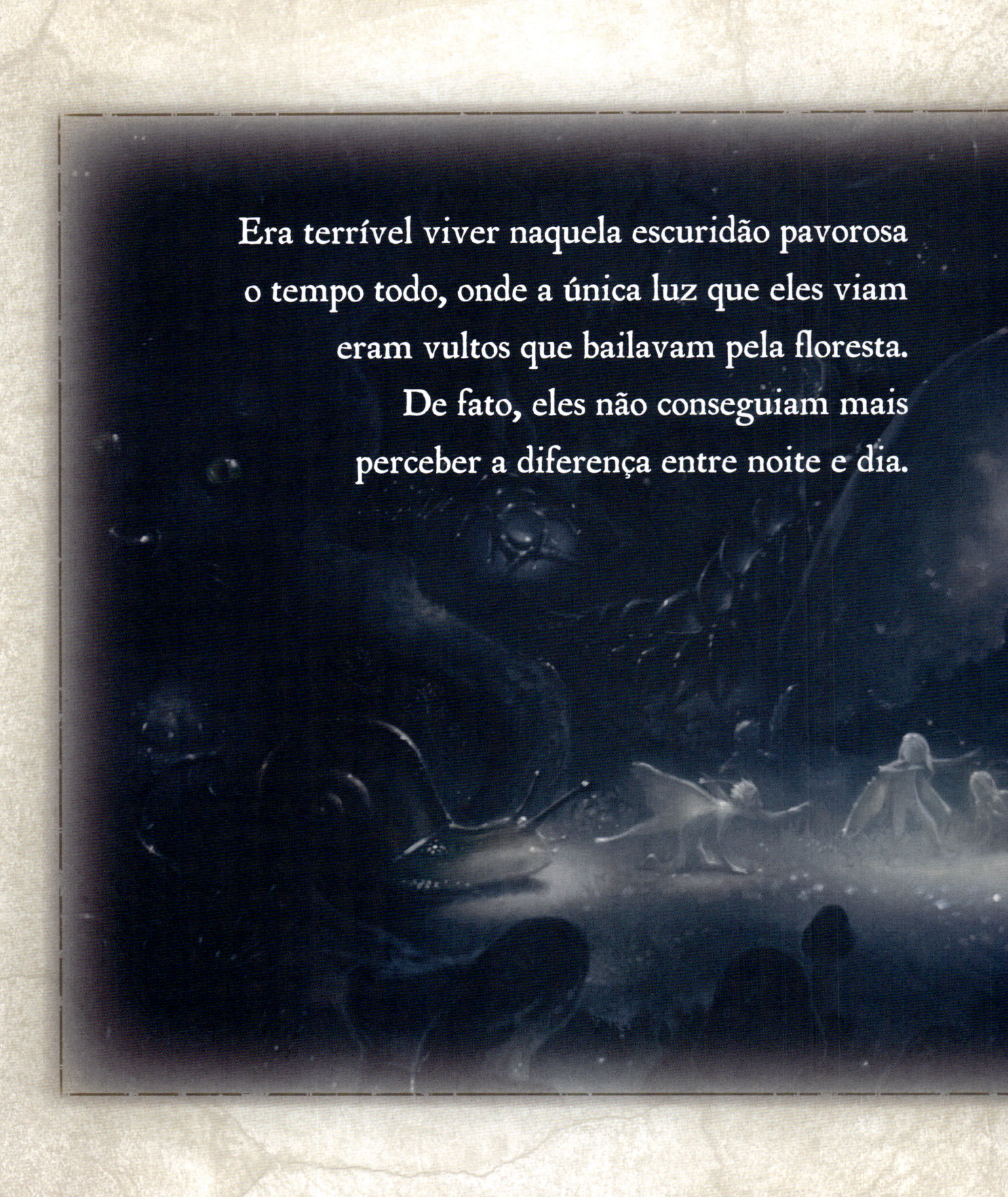

Era terrível viver naquela escuridão pavorosa o tempo todo, onde a única luz que eles viam eram vultos que bailavam pela floresta. De fato, eles não conseguiam mais perceber a diferença entre noite e dia.

Então, certa noite, ou talvez fosse um dia, num ponto bem distante, eles viram uma luz muito brilhante por entre as árvores. Eles podiam ver aquela luz vindo a muitos quilômetros de distância. E ficaram assustados com ela. Pensaram que a luz fosse o rei se aproximando para encontrá-los e castigá-los por seus pecados. Então muitos luzeiros correram rapidamente para longe da luz.

Mas alguns dos pequeninos luzeiros ficaram tão impressionados e curiosos com a luz que decidiram ver de onde ela vinha. Eles partiram e viajaram por muitos e muitos quilômetros, durante muito tempo, e quanto mais eles se aproximavam, mais forte aquela luz brilhava.

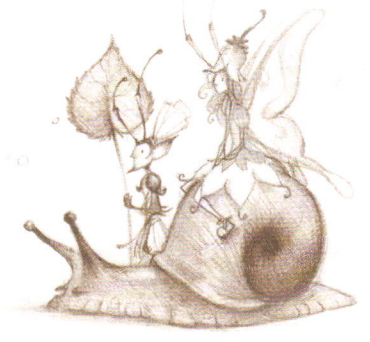

Finalmente eles chegaram a uma clareira na floresta. No meio da clareira, eles viram um luzeiro pai, um luzeiro mãe e um bebê que brilhava como o sol. Aquela luz resplandecente parecia sair diretamente do bebê.

Os luzeiros que viram aquilo ficaram admirados e surpresos. Perguntaram ao luzeiro pai: "Quem é esse bebê? De onde ele veio?"

O luzeiro pai respondeu: "Ele não é meu filho. Ele é filho do rei da luz. O rei o deu a nós como um presente especial. Ele nasceu por nós. Quando ele crescer será chamado 'a luz do mundo'. Não haverá escuridão forte o bastante para esconder a sua luz, nem profunda o suficiente para afastar a sua luz."

Quando ouviram isso, os pequenos luzeiros se ajoelharam aos pés do bebê e começaram a adorá-lo com reverência e temor.

Quando eles se levantaram, seus rostos brilhavam. Mas a luz que brilhava em seus rostos não vinha de dentro deles; era um reflexo da luz que saía do bebê. Os pequenos luzeiros estavam agora envolvidos com a luz daquela criança que tinham visitado.

Eles correram para as suas casas, seus amigos e famílias o mais rápido que puderam. Quando chegaram em casa, eles ainda brilhavam. Os outros luzeiros ficaram amedrontados quando os viram. E perguntaram: "O que aconteceu com vocês?" Então os pequenos luzeiros lhes contaram a história: "Nós vimos um bebê que brilhava como a luz. Ele é o filho do rei da luz. O rei nos deu seu filho. Ele nos deu seu próprio filho para ser a luz do mundo".

Os luzeiros notaram que havia mais luz na floresta. Agora eles podiam enxergar para onde iam. Podiam andar sem cair. Podiam correr e brincar sem bater nas árvores e nas pedras e se ferirem. Alguns ainda se escondiam da luz, mas outros perceberam que não precisavam mais ter medo. Eles viram que viver na luz era muito melhor do que viver na escuridão como estavam acostumados.

O vovô olhou para Pedrinho e disse: "Você entendeu, Pedrinho? Nós temos medo do escuro, porque fomos criados para viver na luz. Mas, um dia, todos nós que amamos esse filho iremos viver com ele para sempre no céu. Quando formos para a morada do filho, que agora é a luz do mundo, nunca mais haverá escuridão. Não apenas isso, mas também não existirá mais a lua, nem as estrelas, nem mesmo o sol. Não haverá abajur, nem lâmpadas, nem lanternas, nem velas".

Pedrinho perguntou: "Como poderá existir luz sem o sol, ou lâmpadas, ou velas? Como poderá?"

E o vovô respondeu: "No lugar onde o filho do rei vive agora, a luz que brilha para sempre vem dele mesmo. Ele é a luz no céu. Todos os que entram em sua presença nunca mais estarão na escuridão".

"Nossa!", disse Pedrinho, "é maravilhoso pensar sobre isso."

E o vovô respondeu: "Pedrinho, deixe-me dar uma sugestão. Toda vez que você vir o sol, a lua, as estrelas, ou acender uma vela, ou ligar seu abajur, lembre-se da história do filho que o rei da luz trouxe para iluminar a escuridão deste mundo. E lembre-se que ele nos deu o seu bebê como presente. Enquanto se lembrar disso, você nunca, nunca mais terá que sentir medo do escuro novamente".

Sobre o Autor:

DR. R. C. SPROUL (1939-2017) foi ministro presbiteriano, fundador do ministério Ligonier, professor de teologia e autor de mais de sessenta livros, vários deles publicados em português. Durante os mais de quarenta anos de ministério no ensino acadêmico e na igreja, o Dr. Sproul se tornou conhecido por transmitir com clareza as verdades profundas e práticas da Palavra de Deus.

Sobre o Ilustrador:

JUSTIN GERARD passou a maior parte da infância desenhando personagens imaginários de revistas em quadrinhos, ficção científica e filmes da Disney. Ao desenvolver sua arte, Justin se inspirava em N. C. Wyeth, Carravaggio, Peter de Sève e Carter Goodrich. Justin possui bacharelado em Belas Artes e já ilustrou inúmeros livros infantis, bem como vários contos publicados em livros escolares. Ele vive em Greenville, Carolina do Sul, onde trabalha como diretor de criação na *Portland Studios*.

Para os Pais

Esperamos que você e seu filho tenham gostado de ler A Luz do Mundo. As perguntas e passagens bíblicas a seguir podem ser úteis para que você direcione seu filho a uma compreensão mais profunda das verdades bíblicas implícitas nessa história.

1. Quem é o verdadeiro rei da luz?

"Deus é luz, e não há nele treva nenhuma". 1 JOÃO 1.5

2. Quem são os verdadeiros luzeiros?

"Também disse Deus: Façamos o homem à nossa imagem, conforme a nossa semelhança […] Criou Deus, pois, o homem à sua imagem, à imagem de Deus o criou; homem e mulher os criou." GÊNESIS 1.26-27

3. O rei criou os luzeiros para brilharem como ele. O que havia de especial quando Deus criou as pessoas?

"Também disse Deus: Façamos o homem à nossa imagem, conforme a nossa semelhança; tenha ele domínio sobre os peixes do mar, sobre as aves dos céus, sobre os animais domésticos, sobre toda a terra e sobre todos os répteis que rastejam pela terra.

Criou Deus, pois, o homem à sua imagem, à imagem de Deus o criou; homem e mulher os criou." GÊNESIS 1.26-27

"No dia em que Deus criou o homem, à semelhança de Deus o fez." GÊNESIS 5.1

4. Os luzeiros desobedeceram ao rei da luz. As pessoas já fizeram isso?

"Vendo a mulher que a árvore era boa para se comer, agradável aos olhos e árvore desejável para dar entendimento, tomou-lhe do fruto e comeu e deu também ao marido, e ele comeu." GÊNESIS 3.6

5. Quando os luzeiros desobedeceram ao rei, eles ficaram constrangidos e fugiram dele. O que aconteceu quando os homens desobedeceram a Deus?

"Quando ouviram a voz do Senhor Deus, que andava no jardim pela viração do dia, esconderam-se da presença do Senhor Deus, o homem e sua mulher, por entre as árvores do jardim. E chamou o Senhor Deus ao homem e lhe perguntou: Onde estás? Ele respondeu: Ouvi a tua voz no jardim, e, porque estava nu, tive medo, e me escondi." GÊNESIS 3.8-10

– continua –

6. Quando os luzeiros deixaram o jardim, logo se acharam em tão grande escuridão que não podiam enxergar nada e acabaram se ferindo. As pessoas que odeiam o verdadeiro rei da luz experimentam esse sofrimento?

"Entre os quais também todos nós andamos outrora, segundo as inclinações da nossa carne, fazendo a vontade da carne e dos pensamentos; e éramos, por natureza, filhos da ira, como também os demais." Efésios 2.3

"Pois nós também, outrora, éramos néscios, desobedientes, desgarrados, escravos de toda sorte de paixões e prazeres, vivendo em malícia e inveja, odiosos e odiando-nos uns aos outros." Tito 3.3

7. Quem é o verdadeiro bebê luzeiro que brilhava tanto?

"De novo, lhes falava Jesus, dizendo: Eu sou a luz do mundo; quem me segue não andará nas trevas; pelo contrário, terá a luz da vida." João 8.12

"Enquanto estou no mundo, sou a luz do mundo." João 9.5

8. Alguns dos pequeninos luzeiros viram a luz do bebê e o seguiram. Quem foram as primeiras pessoas que seguiram a verdadeira luz do mundo?

"Tendo Jesus nascido em Belém da Judéia, em dias do rei Herodes, eis que vieram uns magos do Oriente a Jerusalém. E perguntavam: Onde está o recém-nascido Rei dos judeus? Porque vimos a sua estrela no Oriente e viemos para adorá-lo." Mateus 2.1-2

"Havia, naquela mesma região, pastores que viviam nos campos e guardavam o seu rebanho durante as vigílias da noite. E um anjo do Senhor desceu aonde eles estavam, e a glória do Senhor brilhou ao redor deles; e ficaram tomados de grande temor. O anjo, porém, lhes disse: Não temais; eis aqui vos trago boa-nova de grande alegria, que o será para todo o povo: é que hoje vos nasceu, na cidade de Davi, o Salvador, que é Cristo, o Senhor [...] E, subitamente, apareceu com o anjo uma multidão da milícia celestial, louvando a Deus e dizendo: Glória a Deus nas maiores alturas, e paz na terra entre os homens, a quem ele quer bem. E, ausentando-se deles os anjos para o céu, diziam os pastores uns aos outros: Vamos até Belém e vejamos os acontecimentos que o Senhor nos deu a conhecer. Foram apressadamente e acharam Maria e José e a criança deitada na manjedoura." Lucas 2.8-16

"Havia uma profetisa, chamada Ana, filha de Fanuel, da tribo de Aser [...] Esta não deixava o templo, mas adorava noite e dia em jejuns e orações. E, chegando naquela hora, dava graças a Deus e falava a respeito do menino a todos os que esperavam a redenção de Jerusalém." Lucas 2.36-38

9. O bebê luzeiro era o filho do rei da luz. Quem era o pai da verdadeira luz do mundo?

"Tudo me foi entregue por meu Pai. Ninguém conhece o Filho, senão o Pai; e ninguém conhece o Pai, senão o Filho e aquele a quem o Filho o quiser revelar." MATEUS 11.27

"E o Espírito Santo desceu sobre ele em forma corpórea como pomba; e ouviu-se uma voz do céu: Tu és o meu Filho amado, em ti me comprazo." LUCAS 3.22

10. Depois que os pequeninos luzeiros adoraram o bebê, seus rostos começaram a brilhar. O que semelhantemente acontece aos que adoram a luz do mundo?

"E todos nós, com o rosto desvendado, contemplando, como por espelho, a glória do Senhor, somos transformados, de glória em glória, na sua própria imagem, como pelo Senhor, o Espírito." 2 CORÍNTIOS 3.18

"E vos revestistes do novo homem que se refaz para o pleno conhecimento, segundo a imagem daquele que o criou" COLOSSENSES 3.10

11. O que devem fazer aqueles que conhecem a verdadeira luz do mundo, como os pequenos luzeiros também fizeram?

"Ide, portanto, fazei discípulos de todas as nações, batizando-os em nome do Pai, e do Filho, e do Espírito Santo; ensinando-os a guardar todas as coisas que vos tenho ordenado. E eis que estou convosco todos os dias até à consumação do século." MATEUS 28.19-20

"Mas recebereis poder, ao descer sobre vós o Espírito Santo, e sereis minhas testemunhas tanto em Jerusalém como em toda a Judeia e Samaria e até aos confins da terra." ATOS 1.8

12. Nem todos os luzeiros quiseram ir para a luz. Será que todas as pessoas amam a luz do mundo?

"O julgamento é este: que a luz veio ao mundo, e os homens amaram mais as trevas do que a luz; porque as suas obras eram más. Pois todo aquele que pratica o mal aborrece a luz e não se chega para a luz, a fim de não serem arguidas as suas obras. Quem pratica a verdade aproxima-se da luz, a fim de que as suas obras sejam manifestas, porque feitas em Deus." JOÃO 3.19-21

"Porquanto vós todos sois filhos da luz e filhos do dia; nós não somos da noite, nem das trevas." 1 TESSALONICENSES 5.5

13. O vovô disse para Pedrinho que nós temos medo do escuro, porque fomos criados para viver na luz. Você ama a luz do mundo? Amá-lo faz você perder o medo do escuro?

"Pois, outrora, éreis trevas, porém, agora, sois luz no Senhor; andai como filhos da luz." EFÉSIOS 5.8

Impresso na Hawaii Gráfica e Editora, em Maio/2024